KB098126

전쟁과 음악과 평화와

김종삼 탄생 백 주년 기념 시집

전쟁과 음악과 평화와

이민호 엮음

북치는소년

서문

2018년 『김종삼정집金宗三正集』을 출간하면서 김종삼 시를 대중에게 쉽게 다가갈 수 있도록 사십 편 남짓 뽑아 선집 『김종삼·매혹시편』을 묶었습니다. 선풍적인 반응을 이끌지는 못했지만 이 쇄를 찍으며 적어도 이천 명의 종삼주의자들이 더불어 하고 있다는 연대감을 느꼈습니다.

열다섯 개의 뜻으로 쪼개진 김종삼의 분신들이 민들레 씨앗처럼 흩어져 이 지옥 같은 세상을 아름답게 물들였으면 하는 바람은 순진무구했습니다. 여성과 남성은 혐오로 교감을 거부했으며 아이는 여전히 속죄의 희생물이었으며 죽음은 애도하지 않는 일상이었고 가난은 연민을 거부하여 치욕스럽기만 했으니 불우는 결코 위로받지 못했습니다.

절망은 희망을 낳을 수 없는지, 시련은 영광으로 이어질 수 없는지, 결핍은 구원받지 못하는지, 소외는 소명의 배음背音이 아닌지, 의문에 답하지 않는 침묵이 계속되고 있습니다. 그래도 김종삼에게 매혹당한 사람들은 믿음을 버리지 않았으리라. 아름다움은 잔잔하게 여백을 넓히고 있고 평화는 벅차게 충만하리라 닫힌 시간이 문을 열고 있습니다. 중심을 꿰찬 아수라가 제석천 앞에 무릎 꿇는 꿈이 미연에 완연합니다.

지난해는 김종삼 탄생 백 주년이었습니다. 희년禧年이라는 말이 있지요. 오십 년마다 노예를 해방시켰다는 성년聖年 말입니다. 땅도 경작을 멈추고 쉬게 했고 가난한 사람에게 받았던 것들을 돌려주었다는 거짓말 같은 해입니다. 이 기쁜 소식을 온누리에 목청껏 전하지 못해 눈시울이 붉어지고 멍울이 맺힙니다. 이제야 조금 알 것도 같습니다. 왜 김종삼의 시를 읽으면 눈물이 나는지. 슬픔 속에서도 기쁨을 주고 비극 속에서도 평화를 약속하고 구속당할 때마다 해방을 노래하기 때문입니다. 그것은 신비롭고 성스러운 일입니다.

1984년 12월에 「원스 어폰 어 타임 인 아메리카Once Upon a Time in America」라는 영화가 발표되었습니다. 그해 12월 8일 김종삼은 세상을 떠났습니다. 이 영화는 1921년 대공황 때를 시작으로 한없이 초라한 사람들이 겪는 고통스런 삶의 여정을 담았습니다. 그처럼 1921년 태어난 김종삼도 네 시간의 조각난 필름 속 사람들처럼 지난하게 살다 사라졌습니다. 인생은 영화와 같다고 하지만 시는 후일담일 수 없습니다. 모든 것이 언젠가 한때였다고 옛 이야기하듯 말하며 멜랑콜리에 젖지 않았으면 합니다. 그 한때는 오늘도 변함없이 강물을 이루며 흐르고 있습니다. 우리가 김종삼의 시를 읽는 순간은 그 강물에 발을 담글 그때입니다.

스치듯 지나치는 필름, 인정 앞에 새롭게 김종삼의 시를 추립니다. '언젠가 전쟁과 음악과 평화와'처럼 살았다고 말

할 수 없습니다. '언젠가'를 떼고 『전쟁과 음악과 평화와』로 지난 백 년을 오늘 이 자리에서 상연하고자 합니다. 1957년 김광림, 전봉건과 삼인 연대 시집으로 출판했던 『전쟁과 음악과 희망과』를 떠올립니다. 김종삼이 '음악'을 주제로 썼겠지만 그렇지만도 않습니다. 시집 「후기」에는 웬일인지 김종삼을 '전쟁'과 묶기도 했습니다. 실수 아닌 실수겠지요. 어떻든 '전쟁', '음악', '희망'은 이들의 시적 출발이었습니다. 그처럼 함께 흐르는 것입니다.

지난 『김종삼·매혹시편』과 달리 이번 선집은 김종삼의 시를 한국 문학사적 위상 속에서 크게 주제화했습니다. 전쟁이 한국 문학의 중요한 계기이듯이, 평화가 한국 문학을 세계 문학의 일원으로 자리하는 화두이듯이 김종삼의 시도 그렇습니다. 특히 '음악'이라는 보편적 예술을 매개로 한국 문학의 영토가 확장되기를 꿈꾸어 봅니다.

이 시집에는 예순한 편의 시를 전쟁에 스물한 편, 음악에 스무 편, 평화에 스무 편으로 배치하였습니다. 이렇게 나누어 묶고 보니 김종삼의 새로운 면모를 다시금 보게 되어 즐겁습니다. 김종삼의 시 세계에서 전쟁과 음악과 평화 세 주제는 분립되기도 하고 서로 오가기도 합니다. 굳이 나눌 일이 아니지만 이 세 주제의 정립鼎立이 김종삼 시의 황금률이 아닐까 합니다.

시집 끄트머리에 시의 출전을 밝히고 본문 시는 원전 표기를 그대로 옮겼습니다. 다만 원전의 한자는 우리말과 병기하여 읽기에 편하도록 했습니다. 그리고 평설을 달아 이해하는데 도움을 주고자 했습니다. 한 가지, '전쟁과' 편에 다른 부와 달리 한 편이 넘치는 것은 시 「달 뜰 때까지를」

넣자는 박중식 시인의 혜안이었습니다.

절망에 빠진 사람들은 여명을 기다리고 있습니다. 하지만 삶은 여유가 없습니다. 경각을 다투고 있습니다. 달이 뜨면 곧 출발해야 합니다. 경계를 넘어 가야 합니다. 이 시집을 읽으며 달 뜰 때까지 고양이 눈빛으로 더듬거립니다.

차례

서문

전쟁과

원정園丁 15
전봉래全鳳來 17
주름간 대리석大理石 19
아우슈뷔치 20
소리 21
지대地帶 23
문장수업文章修業 24
북치는 소년 25
미사에 참석參席한 이중섭씨李仲燮氏 26
돌각담 27
엄마 28
시인학교詩人學校 29
달 뜰 때까지 31
어부漁夫 34
아우슈비츠 라게르 35
평범한 이야기 36
민간인民間人 37
기동차가 다니던 철뚝길 38
소금 바다 39
소공동 지하 상가 40
서시序詩 41

음악과

G·마이나 45
쑥내음 속의 동화 46
드빗시 산장 부근 48
십이음계十二音階의 층층대層層臺 49
라산스카 50
라산스카 51
음音 52
라산스카 53
단모음短母音 54
배음背音 55
스와니강江이랑 요단강江이랑 57
라산스카 58
음악音樂 — 마라의 「죽은 아이를 추모追慕하는 노래」에 부쳐서 59
아뜨리에 환상幻想 62
올페 63
유성기留聲機 64
따뜻한 곳 65
앤니 로리 66
최후最後의 음악音樂 67
라산스카 68

평화와

받기 어려운 선물처럼 71
오월五月의 토끼똥·꽃 73
부활절復活節 74
샹뼁 75
앙포르멜 76
나 77
오五학년 일一반 78
나의 본적本籍 80
무슨 요일曜日일까 81
물통桶 82
묵화墨畵 83
새 84
두꺼비의 역사轢死 85
피카소의 낙서落書 86
장편掌篇 87
장편掌篇 88
미켈란젤로의 한낮 89
내가 죽던 날 90
장편掌篇 91
누군가 나에게 물었다 92

수록 작품 출전 93
해설 백 년의 고독과 시인의 사라짐 97

전쟁과

원정園丁

평과苹果 나무 소독이 있어
모기 새끼가 드물다는 몇날후인
어느 날이 되었다.

며칠만의 한번만이라도 어진
말솜씨였던 그인데
오늘은 몇번째나 나에게 없어서는 않된다는 마련 되 있다는 길을 기어히 가르켜 주고야 마는 것이다.

아직 이쪽에는 열리지 않는 과수果樹밭 사이인
수무나무가시 울타리
길 줄기를 버서 나
그이가 말한대로 얼만가를 더 갔다.

구름 덩어리 야튼 언저리
식물植物이 풍기어 오는
유리 온실溫室이 있는
언덕쪽을 향하여 갔다.

안악과 주위周圍라면은 아무런 기척이 없고 무변無邊 하였다. 안악 흙 바닥에는
떡갈 나무 잎사귀들의 언저리와

「뿌롱드」 빛갈의 과실果實들이 평탄하게
가득 차 있었다.

몇개째를 집어 보아도 놓이었던 자리가 썩어있지 않으면
벌레가 먹고 있었다.
그렇지 않은 것도 집기만 하면 썩어 갔다.

거기를 직힌다는 사람이 드러와
내가 하려던 말을 빼앗듯이 말했다.

당신아닌 사람이 집으면 그럴리가 없다고——.

■ 원정은 정원이나 과수원 따위를 관리하는 사람입니다. 양을 다스리는 목자를 떠올리게 됩니다. 그러므로 원정과 목자는 '관리하며', '다스리는' 존재입니다. 신처럼 원정은 시인에게 가르침을 주려하고 따르길 명령합니다. 그러나 시인의 운명은 그럴 수 없습니다. 척박한 불모의 땅에서 '악의 꽃'을 피워낸 보들레르처럼 문학의 어머니는 신의 다스림 밖에 있습니다.

전봉래全鳳來

한 때에는
낡은 필림 자막字幕이 지났다.

아직 산책散策에서 돌아가 있지 않다는
그자리 파루티다 실내室內

마른 행주 주방厨房의 정연整然

그러나,
다시 돌아오리라는 푸름이라 하였던
무게를 두어

그러나,
어느 것은 날개 쭉지만
내 젓다가 고만 두었다는 것이다.

지난때,
죽었으리라는 다우茶友들이 가져 온
그리고 그렇게 허름하였던 사랑……………세월들이
가져 온
나 날이 거기에 와 있다는
계절(주간晝間)들의…………

또

하나의 사자死者라는

전화電話 벨이 나고 있지 않는가 —

■ 전봉래 시인을 애도하는 시입니다. 이를 통해 김종삼의 죽음의식을 엿볼 수 있습니다. 지난 시절의 남루함을 기억하기보다는 삶의 정연함을 돌아봅니다. 파르티타의 변주곡 모음은 독주곡입니다. 악기 하나가 내는 목숨 하나와 같습니다. 구차스럽지 않았던 전봉래 시인의 가지런함을 추모합니다. 죽음의 연속은 김종삼에게도 피할 수 없는 전언이기도 합니다.

주름간 대리석大理石

— 한 모퉁이는 달빛 드는 낡은 구조構造의 대리석大理石.
그 마당(사원寺院) 한구석 —
잎사귀가 한잎 두잎 내려 앉았다.

■ 황량한 삶의 들판을 거쳐 마지막 닿게 되는 곳이 사원입니다. 애절하게 고백하려는 오랜 여정의 끝입니다. 그곳은 이미 예정된 것처럼 줄표 안에 덩그렇게 놓여 있습니다. 낡고 허름한 삶의 종착역처럼 외졌습니다. 달빛이 쓸쓸하게 비출 뿐입니다. 바로 거기에 신의 응답인 듯 나뭇잎이 떨어집니다. 시인도 그렇게 인간 삶의 주름진 곳에 시선을 모으고 있습니다.

아우슈뷔치

어린 교문校門이 가까이 보이고 있었다.
한 기슭엔 잡초雜草가,
날빛은 어느 때나 영롱 하였다.

어쩌다가 죽엄을 털고 일어나면
날빛은 영롱 하였다.
어린 교문校門이 가까이 보이고 있었다.
한 기슭엔
여전如前 잡초雜草가,
교문校門에서 뛰어나온 학동學童이 학부형學父兄을 반기는 그림 처럼
바둑 강아지가 그 뒤에서 조고마게 처다 보고 있었다.
아우슈뷔치 수용소收容所 철조망鐵條網 기슭엔 잡초雜草가 무성해 가고 있었다.

■ 아우슈비츠는 김종삼의 비극적 정서가 투사된 역사적 공간입니다. 한국 전쟁을 겪었던 시인의 상처가 구체화된 장소라 할 수 있습니다. 그래서 우리의 아픔은 우리 것만이 아니라 인류의 고통이라고 강조합니다. 특히 어린 아이의 시선으로 파노라마처럼 펼쳐지는 폐허에 인간됨의 훼손을 뚫고 죽음을 극복해 가는 자연의 재생을 기적으로 보여 주려 합니다.

소리

산 마루에서 한참 내려다 보이는
초가집
몇채

하늘이 너무 멀다.

얕은 소릴 내이는
초가집
몇채
가는 연기들이

지난 일들은 삶을 치르노라고
죽고 사는 일들이
지금은 죽은 듯이
잊혀졌다는 듯이
얕은 소릴 내이는
초가집
몇채
가는 연기들이

■ 김종삼은 가난한 사람들을 연민의 눈으로 바라보고 있습니다. 가난한 사람들은 저 낮은 곳에서 숨죽인 채 살고 있습니다. 하늘이 이들을 보살피듯 시인은 저 깊은 곳으로 내려가고 있습니다. 그런데 가난한 사람들은 이 하강의 현실을 뚫고 가늘지만 생명력 있게 살아가고 있습니다. 삶 앞에 죽음도 개의치 않고 꿋꿋합니다. 김종삼은 그 소리를 듣고 있습니다.

지대地帶

미풍이 일고 있었다
떨그덕 거리며 선회하고 있었다
분수噴水의 석재石材둘레를 간격間隔들의 두발 묶긴 검은 표본標本들이

옷을 벗은 여자들이 벤취에 앉아 있었다
한 여자의 눈은 확대擴大되어 가고 있었다

입과 팔이 없는 검은 표본標本들이 기인 둘레를 떨그덕 거리며 선회하고 있었다
반세기半世紀가 지난 아우슈뷔치 수용소收容所의 한 부분部分을 차지한

■ 아우슈비츠의 비극을 해체된 여성의 몸으로 보여주는 시입니다. 김종삼은 아이와 더불어 여성을 시적 주체로 자주 다룹니다. 흉포한 역사의 희생자이기 때문입니다. 공포는 죽음의 순간을 넘지 못하고 그대로 방치돼 있습니다. 갈기갈기 찢긴 삶은 수습되지 못하고 반복되고 있습니다. 이 끔직한 트라우마는 세월도 치유할 수 없는 인류의 천형입니다.

문장수업文章修業

헬리콥터가 떠어간다
철뚝길이 펼치어진 연변으론
저녁 먹고 나와 있는 아이들이 서 있다.
누군가 담밸 태는 것 같다
헬리콥터 여운이 띄엄하다
김매던 사람들이 제집으로 돌아간다
고무신짝 끄는 소리가 난다
디젤 기관차 기적이 서서히 꺼진다.

■ 세상은 문장을 익히는 공부 공간입니다. 무엇이 시이고 무엇이 시의 대상일까요. 시는 마음에만 있지 않나 봅니다. 세상 여기저기 널려 있는 시적인 대상을 옮겨 놓는 일이 시 쓰는 일입니다. 시다운 대상은 어떤 모양인가요. 여백 속에 여운을 남기고 스러지는 것들입니다. 보잘 것 없는 것들입니다.

북치는 소년

내용 없는 아름다움처럼

가난한 아희에게 온
서양 나라에서 온
아름다운 크리스마스 카드처럼

어린 양羊들의 등성이에 반짝이는 진눈깨비처럼.

■ 무엇에 대해 말하려는지 궁금한 시입니다. 빗댄 대상은 내용 없는 아름다움과 크리스마스카드와 진눈깨비입니다. 결국 '내용 없는 아름다움'을 읽어야 합니다. 외국에서 온 크리스마스카드가 시 속 어린 화자에게 무슨 소용이 있겠습니까. 해야 할 일이 있습니다. '내용 없음'에 저마다 무언가 의미 부여하는 겁니다. 더 많은 의미로 가득 차게. 무엇이 아름다운가요.

미사에 참석參席한 이중섭씨李仲燮氏

내가 많은 돈이 되어서
선량하고 가난한

사람들을 위해
맘놓고 살아갈 수 있는
터전을 마련해주리니

내가 처음 일으키는 미풍微風이
되어서
내가 불멸不滅의 평화가 되어서
내가 천사天使가 되어서 아름다운
음악音樂만을 싣고 가리니
내가 자비스런 신부神父가 되어서
그들을 한번씩 방문訪問하리니

■ 아무래도 이 미사는 연미사, 즉 죽은 이를 위한 미사처럼 보입니다. 이 자리에 화가 이중섭이 영혼이 되어 참석한 것은 아닌지 상상합니다. 그것도 자신의 위령 미사에 말입니다. 섬뜩하기보다는 아이들이 곰살맞게 서로 엉켜 있는 이중섭의 그림이 떠올라 정겹기만 합니다. 죽어서도 평화를 전도하는 사도로서 부활할 것 같은 날입니다. 김종삼의 날이기도 합니다.

돌각담

廣漠한地帶이다기울기
시작했다잠시꺼밋했다
十字型의칼이바로꼽혔
다堅固하고자그마했다
흰옷포기가포겨놓였다
돌담이무너졌다다시쌓
았다쌓았다쌓았다돌각
담이쌓이고바람이자고
틈을타凍昏이잦아들었
다포겨놓이던세번째가
비었다.

*廣漠(광막), 地帶(지대), 十字型(십자형), 堅固(견고), 凍昏(동혼)

■ 돌각담은 아기 무덤입니다. 경황이 없어 돌무더기를 쌓아 마무리했을 겁니다. 김종삼이 한국 전쟁 때 직접 겪은 일들입니다. 떨칠 수 없는 일이었기에 그의 시를 관통하는 중요한 의미가 되었습니다. 꽉 짜여 진 시 형식처럼 죽음은 견고합니다. 시인은 동혼凍昏, 즉 어린 목숨 위에 자신의 최후를 비워 놓았습니다.

엄마

아침엔 라면을 맛있게들 먹었지
엄만 장사를 잘할 줄 모르는 행상行商이란다

너희들 오늘도 나와 있구나 저물어 가는 산山허리에

내일은 꼭 하나님의 은혜로
엄마의 지혜로 먹을거랑 입을거랑 가지고 오마.

엄만 죽지 않는 계단

■ 모성에 대해 새로운 이해를 하게 됩니다. 은근과 끈기로 희생만 하는 사람이 엄마가 아니지요. 처세에 서툴지만 엄마는 지혜로운 존재입니다. 전에 없던 덕목입니다. 내일을 기약하는 은총이며 축복입니다. 김종삼은 엄마를 신의 반열에 올려놓았습니다. 영원불멸하는 신처럼 엄마도 죽지 않아야 하기 때문입니다. 엄마라는 계단이 있으니 더 고귀한 삶으로 옮아갑니다.

시인학교詩人學校

공 고公 告

오늘 강사진講師陣

음악 부문部門
모리스·라벨

미술 부문部門
폴·세잔느

시 부문部門
에즈라·파운드
모두
결강缺講.

김관식金冠植 쌍놈의새끼들이라고 소리지름. 지참持參한 막걸리를 먹음. 교실내教室內에 쌓인 두터운 먼지가 다정스러움.

김소월金素月
김수영金洙暎 휴학계休學屆

전봉래全鳳來

김종삼金宗三 한귀퉁이에 서서 조심스럽게 소주를 나눔.
브란덴브르그 협주곡 오五번을 기다리고 있음.

교사校舍.

아름다운 레바논 골짜기에 있음.

■ 김종삼이 생각하는 가장 이상적인 시인은 누굴까 가늠할 수 있습니다. 우리 시에는 불행하게도 라벨도, 세잔느도, 파운드도 없는 상태입니다. 그만큼 현대적이지도 개성적이도 못합니다. 그나마 김소월과 김수영마저 세상을 등졌습니다. 김관식과 전봉래만이 그래도 시인의 반열에 있습니다. 신기하게도 교사를 지중해 레바논에 지었습니다. 전쟁과 종교 갈등으로 얼룩졌지만 그지없이 아름다운 곳. 그래서 한국이 겪은 고통도 세계적인 것이 되었습니다.

달 뜰 때까지

해방 이듬 이듬해 봄
10시時~11시時
솔밭 속을 기어가고 있음
멀리 똥개가 짖고 있음
달뜨기 전 넘어야 한다 함
경계선이 가까워진다 함

엉덩이가 들린다고 쥐어박히고 있음
개미가 짖고 있음
기어가고 있음
달뜨기 전 넘었음

빈 마을 빈 집들 있음
그런 데를 피해가고 있음
시간이 지났음

경계선이 다시 나타남
총기 다루는 소리 마구 보임
시야에
노란
붉은
검은 빛발침

개새끼들 아직 이북 경비대警備隊임

간간 원근遠近의 고함이
캄캄한 구치소拘置所 전체가 벼룩떼임
순찰 한 놈이 다녀갔음 벽 한 군데 거적떼길 들추어보았음 굵은 삭장귀 네 개個가 가로질린 살창임
합세하여 잡아당기고 있음 흙덩어리 떨어진 소리가 오래 가고 있음

짐작 시계時計
2시時 빠져나갈 구멍이 뚫리고 있음
뇌파腦波 일고 있음
현재 죄목罪目, 반동反動 및 파괴분자破壞分子

3시時~4時 아직 순찰 없음
두 다리부터 빠져나와 있음

허연 달 밑
기어가기 시작함 엉덩이가 들린다고 쥐어박히고 있음
달 지는 쪽 서西쪽과 남南쪽 파악하였음
엉덩이가 다시 높아지고 있음

■ 시 「민간인」을 연상시키는 작품입니다. 삼팔선 이북과 이남을 넘나들었던 상황이 닮았습니다. 다만 이 시의 공간이 육지라는 것뿐. 달빛을 따라 남서쪽으로 숨죽여 경계를 넘는 모습이 손에 땀을 쥐게 합니다. 시 「민간인」이 전쟁의 공포를 섬뜩하게 그렸다면 이 시는 조금은 곰살맞게 묘사하고 있습니다. 삶은 절망 속에서도 재밌게 움트고 있다는 듯이.

어부漁夫

바닷가에 매어둔
작은 고깃배
날마다 출렁거린다
풍랑에 뒤집일 때도 있다
화사한 날을 기다리고 있다
머얼리 노를 저어나가서
헤밍웨이의 바다와 노인老人이 되어서
중얼거리려고

살아온 기적이 살아갈 기적이 된다고
사노라면
많은 기쁨이 있다고

■ "살아온 기적이 살아갈 기적이 된다."는 시구는 김종삼의 대표적인 주제입니다. 헤밍웨이의 『노인과 바다』는 세상에서 가장 운이 없는 사람의 이야기입니다. "인간은 패배하지 않는다."는 주제는 김종삼의 경구와 어울립니다. 기적은 어떻게 이루어질까요? 적을 형제처럼 여기고 더불어 사는 지혜가 필요합니다.

아우슈비츠 라게르

밤하늘 호수湖水가엔 한 가족家族이
앉아 있었다
평화스럽게 보이었다

가족家族 하나 하나가 뒤로 자빠지고 있었다
크고 작은 인형人形같은 시체屍體들이다
횟가루가 묻어 있었다

언니가 동생 이름을 부르고 있다
모기 소리만 하게

아우슈뷔츠 라게르.

■ 오래된 사진에 담긴 듯이 한 가족이 평화롭습니다. 전쟁이 이 평범한 삶을 참혹하게 앗아갔습니다. 인간됨은 한갓 인형처럼 값없이 추락합니다. 이 상황은 저 멀리 유럽 유태인들에게만 닥친 비극이 아닙니다. 한국 전쟁 통에 수많은 부름이 신음처럼 가득했습니다. 김종삼의 귓전에 머물러 사라지지 않습니다. 죽어서도.

평범한 이야기

한 걸음이라도 흠잡히지 않으려고 생존하여갔다

몇 걸음이라도 어느 성현이 이끌어주는 고된 삶의 쇠사슬처럼 생존되어갔다

세상 욕심이라곤 없는 불치의 환자처럼 생존하여갔다

환멸의 습지에서 가끔 헤어나게 되면은 남다른 햇볕과 푸름이 자라고 있으므로 서글펐다

서글퍼서 자리 잡으려는 샘터 손을 담그면 어질게 반영되는 것들 그 주변으론 색다른 영원이 벌어지고 있었다

■ 생존은 살아 있는 정적인 상태이기도 하지만 살아남으려는 동적 행위이기도 합니다. 김종삼은 편견에서 자유롭고자 세상과 적극적으로 대면했으며 고된 길이라도 평범한 진리에 의지했습니다. 세상과 타협하지 않았기에 그를 누구나 제대로 알지 못합니다. 현실과 이상의 간극에서 잠시 정서적 흔들림이 있을지라도 영원을 향해 걸어갔습니다.

민간인民間人

1947년 봄
심야深夜
황해도黃海道 해주海州의 바다
이남以南과 이북以北의 경계선境界線 용당포浦

사공은 조심 조심 노를 저어가고 있었다.

울음을 터뜨린 한 영아嬰兒를 삼킨 곳.
스무몇 해나 지나서도 누구나 그 수심水深을 모른다.

■ 한국 문학은 모두 분단 문학이라 해도 틀리지 않습니다. 이 시는 분단 문학의 대표 시입니다. 장면 하나로 모든 것을 다 아우르고 있습니다. 젖먹이를 죽이면서까지 살아야하는 이유는 무얼까 되묻게 됩니다. 그래서 김종삼도 그 깊이를 알지 못한다고 고백합니다. 이 시는 분단을 고착화하려는 유신 선포 이태 전 발표합니다. 그만 분단의 사슬을 끊자고.

기동차가 다니던 철뚝길

할아버지 하나가 나어린 손자 하나를

데리고 살고 있었다.

할아버진 아침마다 손때묻은 작은 남비,

나어린 손자를 데리고

아침을 재미있게 끓이곤 했다.

날마다 신명께 감사를 드릴 줄 아는

이들은 그들만인 것처럼

애정과 희망을 가지고 사는 이들은

그들만인 것처럼

때로는 하늘 끝머리에서

벌판에서 흘러오고 흘러가는 이들처럼

이들은 기동차가 다니던 철뚝길

옆에서 살고 있었다

■ 기동차는 동대문 이스턴 호텔을 출발해 뚝섬이나 광나루로 달렸을 것입니다. 왕십리나 성수동 인분 냄새나는 채소밭을 지나쳤을 겁니다. 할아버지와 어린 손자는 거기쯤 살았습니다. 가난하게. 김종삼은 그들이 아침 먹는 모습을 보며 재미있게 바라봅니다. 고통 속에서도 군건히 살아가는 사람들만이 감사와 애정과 희망을 알기 때문입니다. 그들만이.

소곰 바다

나도 낡고 신발도 낡았다
누가 버리고 간 오두막 한채
지붕도 바람에 낡았다
물 한방울 없다
아지 못할 봉우리 하나가
햇볕에 반사될 뿐
조류鳥類도 없다
아무 것도 아무도 물기도 없는
소곰 바다
　주검의 갈림길도 없다.

■ 이 시에는 1980년 광주의 비극이 깊이 드리워져 있습니다. 아우슈비츠의 참상을 시로 쓸 수 있는 시인이라면 분명 알아챘을 겁니다. 다만 초현실적인 이미지에 의지했을 뿐입니다. 그것이 더 깊은 울림을 줍니다. 소금은 세상을 정화시키는 상징인데 그 생명의 바다에 죽은 몸 하나 의탁할 수 없습니다. 새 떼조차 거들떠보지 않는 떠도는 영혼 잠들지 못합니다.

소공동 지하 상가

두 소녀가 가즈런히
쇼 윈도우 안에 든 여자용
손목시계들을 들여다 보고 있었다.
하나같이 얼굴이 동그랗고
하나같이 키가 작다
먼 발치에서 돌아다 보았을 때에도
조금도 움직이지 않고 들여다 보고 있었다
쇼 윈도우 안을 정답게 들여다 보던
두 소녀의 가난한 모습이
며칠째 심심할 때면
떠 오른다
하나같이 동그랗고
하나같이 작은.

■ 가난한 두 소녀의 모습이 선명합니다. 그런데 그들이 왜 심심할 때면 떠오르는 걸까요. 김종삼이 잘 쓰는 표현 '재미' 때문입니다. 비록 지금 고통스럽지만 견디고 나면 무슨 보람이 있을 것이라는 삶의 서사가 재미의 원천입니다. 삶의 신비입니다. 쇼윈도우 경계를 넘지 못했던 가난은 언젠가 극복될 것이라는 소망을 시인은 굳게 믿고 있습니다.

서시序詩

헬리콥터가 지나자
밭이랑이랑
들꽃들이랑
하늬바람을 일으킨다
상쾌하다
이곳도 전쟁이 스치어 갔으리라.

■ 이 시는 김종삼 시의 머리말과 같습니다. 그의 시가 어떤 면모인지 단적으로 보여 주는 실마리입니다. 헬리콥터는 전쟁 무기입니다. 살육 무기가 전쟁이 끝난 들판에 바람을 일으키며 지나갑니다. 전쟁이 핥고 간 폐허를 다시 복원하는 자연의 힘이 재미있습니다. 김종삼의 시에는 그 눈물겨운 안간힘이 있습니다.

음악과

G·마이나

물
닿은 곳

신고[神羔]의
구름밑

그늘이 앉고
묘연[杳然]한
옛
G·마이나

■ 요절했던 전봉래 시인에게 받친 시입니다. 'G 마이너'는 바이올린 소나타의 첫 음으로 '시작', '창조'를 뜻합니다. 전봉래가 김종삼 시의 시작이자 창조의 동반자였음을 알 수 있습니다. 그리고 'G 마이너' 화음에 예수의 죽음과 부활을 담았던 것처럼 친구의 죽음을 애도하고 있습니다. 모두 처음으로 돌아갈 것을 생각하며.

쑥내음 속의 동화

옛 이야기로서 고리타분하게 엮어지는 어릴 적의 이야기이다. 그 때만 되며는 까닭이라곤 없이 재미롭지도 못했고, 죽고 싶기만 하였다.

그 즈음에는 인간들에게는 염치라곤 없이 보이리만큼 너무 지나치게 아름다움이 풍요하였던 자연을 즐기며
바라보며 가까이 하면 할수록 더욱 그러하였다.

고양이는 고양이대로
쥐새끼는 쥐새끼대로 웅크러져 있었고 강아지란 놈은 강아지대로 밤 늦게 까지 살라당거리며 나를 따라 뛰어놀고는 있었다.

어렴풋이 어두워지며 달이 뜨는
옥수수대로 만든 바주 울타리너머에는 달이 오르고
낮익은 기침과 침뱉는 소리도 울타리 사이를 그 때면 간다.

풍식이네 하모니카는 귀에 못이 배기도록 매일같이 싫어지도록 들리어 오곤 했다.
자라나서 알고 본즉 「스와니강江의 노래」였다.

선률은 하늘 아래 저 편에 만들어지는 능선 쪽으로 향하기도 했고,

내 할머니가 앉아계시던 밭이랑과 나와 다른 사람들과의 먼 거리를 만들어 주기도 하였다.

모기쑥 태우던 내음이 자연스럽게 없어지는 무렵이면 그러하였고,

용당패라고 하였던 해변가에서 들리어 오는 오래 묵었다는 돌미륵이 울면 더욱 그러하였다.

자라나서 알고 본즉 바다에서 가끔 들리어 오곤 하였던 기적 소리를 착각하였던 것이었다.

— 이 때부터 세상을 가는 첫 출발이 되었음을 모르며

■ 어릴 적 황해도 은율의 원체험이 시인의 삶을 이끌고 갔습니다. 삶과 죽음, 풍경의 아름다움과 생활의 궁핍함, 구원과 종말의 이중성이 시인의 삶을 지배했습니다. 이 간극을 메우고 인간됨을 향해 끊임없이 나아가는 일만이 시인의 길입니다. 삶은 죽음으로 덥혔고 아름다움은 불결함 속으로 사라졌지만 이러한 역사의 아이러니가 그의 시에 있습니다.

드빗시 산장 부근

결정짓기 어려웠던 구멍가게 하나를 내어 놓았다.

〈한푼어치도 팔리지 않았음은 물론이고〉

오늘에도 지나간 것은 분명 차 한대 밖에 —

그새,
키 작고 현격한 간격의 바위들과 도토리나무들이

어두움을 타 들어앉고
꺼밋한 시공 뿐.

어느새,
선회되었던 차례의 아침이 설레이다.

— 드빗시 산장 부근

■ 이 시는 「돌각담」, 「앙포르멜」과 더불어 시인 스스로 맘에 찬다고 꼽은 몇 개 안 되는 시 중 하나입니다. 김종삼은 다른 시에서 드뷔시의 음악을 '작천灼泉', 즉 '불타는 샘'이라 부르기도 합니다. 그만큼 시의 세계로 이끄는 중요한 동기이기도 합니다. 자신의 시업은 구멍가게에 불과하지만 김종삼은 결심했고, 선회했습니다. 드뷔시처럼 시를 쓰기로.

십이음계十二音階의 층층대層層臺

석고石膏를 뒤집어 쓴 얼굴은 어두운 주간晝間.

한발旱魃을 만난 구름일수록 움직이는 각角.

나의 하루살이떼들의 시장市場.

집은 연기煙氣가 나는 싸르뜨르의 뒷간.

주검 일보직전一步直前에 무고無辜한 마네킹들이 화장化粧한 진열창陳列窓.

사산死産.

소리 나지 않는 완벽完璧.

■ 4·19혁명이 일어나고 현실은 어둡기 그지없습니다. 죽은 채로 태어난 아기 앞에 선 사람처럼 어떤 말도 할 수 없습니다. 아무 잘못도 허물도 없는 목숨들 앞에서 혁명은 절망으로 끝날 것 같아 불안합니다. 그러나 일곱 개 하얀 건반에 얹힌 다섯 개의 검은 건반이 온전히 변주를 이끌듯 죽음은 소리 없이 삶을 완성하리라 묵묵히 우리 앞에 놓인 계단에 올라섭니다.

라산스카

미구에 이른 아침

하늘을
파헤치는 스콮
소리.

하늘속 맑은
변두리.

새 소리 하나.

물 방울 소리 하나.

마음 한줄기 비추이는
라산스카.

■ 전쟁이 끝난 지 얼마 되지 않은 때입니다. 폐허에서 들리는 작은 소리에 귀 기울입니다. 하늘에서는 작은 삽으로 갈아엎는 소리가 들립니다. 환상일까요. 부활은 가장자리부터 시작합니다. 땅에서도 새 소리 하나와 물방울 소리 하나가 새 생명의 신호를 보냅니다. 거기에 김종삼의 시적 영감이 투사됩니다. 그의 뮤즈인 라산스카의 음색은 상처를 다독이며 애절합니다.

라산스카

루—부시안느의 개인 길바닥.

한 노인이 부는 서투른

목관 소리가 멎던 날.

묵어 온 최후의 한 마음이

그치어도

라산스카.

사랑과 두려움이

개이어도

■ 애도의 시입니다. 공간은 갑자기 19세기 프랑스 파리 근교에 있는 루브시엔느로 옮겨집니다. 인상파 화가들이 생을 마감했던 마을입니다. 맑은 날입니다. 이름 모를 노인이 생명을 다한 날입니다. 살아서 품었던 붉은 마음도, 사랑도, 두려움도 훌훌 벗어버린 날입니다. 김종삼의 시는 그날과 같습니다. 라산스카는 시인을 그 공간과 시간으로 이끄는 메신저입니다.

음音

검푸른 잎새 나무가지
몇 마리의 새가 가지런히
앉아 지저 귀는 쪽을
귀머거리가 되었으므로
올려다 보았다.

타계他界에서 들리어 오는
색채色彩바른 쪽 초자연超自然속의
아지 못할 새들의 지저귐도
들리지 않는 넓은 음역音域을
음유吟遊하면서

루드비히는 여생餘生토록 가슴에
이름모를 꽃이 지었느니라.

■ 베토벤이 악성樂聖으로 불리는 까닭은 우리가 듣지 못하는 소리를 들을 수 있기 때문입니다. 그것도 귀가 멀고 난 후였습니다. 고난과 시련이 그의 음악을 넓혔습니다. 우리는 반편의 삶을 느낄 뿐입니다. 어이없지만 고통스럽게 되어야만 또 다른 삶의 구경을 맛볼 수 있다니. 꽃은 시들어 죽는 것이 아니라 지고 피고 있습니다. 아직 살아 있습니다.

라산스카

집이라곤
조그마한 비인 주막집 하나밖에 없는
초목草木의 나라
수변水邊이 맑으므로
라산스카.

새로 낳은 한 줄기의
거미줄 처럼 수변水邊의
라산스카.

온갖 추함을 겪고서
인간되었던 작대기를 집고서.

■ 태어나 거처하는 집은 소박하기 그지없습니다. 그것도 빈 주막집입니다. 무소유 상태라 할 수 있습니다. 라산스카, 즉 김종삼의 뮤즈는 거기에 있습니다. 맑은 물가 자연 속에 생명의 날실을 하나 뽑은 거미와 같습니다. 키에르케고르는 인간은 거미줄 하나에 매달린 거미와 같다고 합니다. 간당간당합니다. 그처럼 인간됨은 온갖 모멸 속에서도 절망하지 않습니다.

단모음短母音

아침 나절 부터 오늘도 누가
배우노라고 부는
트럼펟.

루—부시안느의 골목길 쪽.
조곰도 진행進行됨이 없는
어느 화실畵室의 한 구석처럼
어제밤엔 팔리지 않은 한 창부娼婦의 다믄 입처럼
오늘도 아침 나절 부터 누가
배우노라고 부는
트럼펟.

■ 프랑스의 루브시엔느Louveciennes는 19세기 인상파 화가들이 모여 살던 곳입니다. 고정관념을 벗고 느끼는 대로 보려 했던 화가들입니다. 시인도 그곳에 가고 싶습니다. 자기 시의 지향점이기 때문입니다. 그곳에서는 무언가를 이루기 위해 서두르지 않습니다. 불행에 불운이 겹쳐도 그저 짧게 신음할 뿐입니다.

배음背音

몇그루의 소나무가
얕이한 언덕엔
배가 다니지 않는 바다,
구름바다가 언제나 내다보이었다.

나비가 걸어오고 있었다.

줄여야만 하는 생각들이 다가오는 대낮이 계속되었다.
어제의 나를 만나지 않는 날이 계속되었다.

골짜구니 대학건물大學建物은
귀가 먼 늙은 석전石殿은
언제 보아도 말이 없었다.

어느 위치位置에는
누가 그린지 모를
풍경風景의 배음背音이 있으므로, 나는 세상엔 나오지 않은
악기樂器를 가진 아이와
손쥐고 가고 있었다.

■ 어제의 나는 오늘을 있게 한 원인입니다. 오늘의 풍경은 내일의 배경입니다. 배가 다니지 않는 바다의 삭막함과 날지 못하는 나비의 불구는 무슨 이유일까 생각이 많습니다. 그러나 세상은 대답이 없습니다. 그럼에도 오늘의 풀리지 않는 의문이 새로운 세상을 맞이하는 무슨 이유라 여기고 있습니다. 우리가 들어야 할 소리는 현실 넘어 아이처럼 순수한 경지입니다.

스와니강江이랑 요단강江이랑

그해엔 눈이 많이 나리었다. 나이 어린 소년은 초가집에서 살고 있었다.

스와니강江이랑 요단강江이랑 어디메 있다는 이야길 들은 적이 있었다

눈이 많이 나려 쌓이었다.

바람이 일면 심심하여지면 먼 고장만을 생각하게 되었던 눈더미 눈더미 앞으로 한 사람이 그림처럼 앞질러갔다.

■ 오래된 미래처럼 우리를 이끈 사람은 내일의 나입니다. 한 폭 풍경인 듯 시간을 초월해 존재합니다. 과거와 미래를 연결하는 공간이 스와니강과 요단강입니다. 스와니강은 고향을 그리는 노래입니다. 그곳에 핍박받는 흑인들이 있습니다. 요단강은 레테의 강입니다. 삶의 고단함은 구슬픈 곡조을 따라 흐릅니다. 누군가 먼저 그 길을 갔으며 우리도 가야 할 길입니다.

라산스카

녹이 슬었던
두꺼운 철문鐵門 안에서

높은 석산石山에서 퍼 부어져 내렸던
올갠 속에서

거기서 준
신발을 얻어 끌고서

라산스카
늦가을이면 광채 속에
기어가는 벌레를 보다가

라산스카
오래 되어서 쓰러져가지만
세모진 벽돌집 뜰이 되어서

■ 상상의 나래를 펼쳐야 합니다. 시인의 어린 시절로 가 봅니다. 세모진 벽돌집이 있습니다. 성당입니다. 아이의 눈으로 바라보았던 고딕 양식의 성당은 위압적이기도 하지만 엄마 품 같기도 합니다. 지금은 기억 속에서도 낡아 허물어져 희미하지만 거기서 준 신발을 잊을 수 없습니다. 벌레처럼 살았지만 얻어 신은 신발의 은총으로 목숨 부지했다고 고백합니다.

음악音樂
— 마라의 「죽은 아이를 추모追慕하는 노래」에 부쳐서

일월日月은 가느니라
아비는 석공石工노릇을 하느니라
낮이면 대지大地에 피어난
만발한 구름뭉게도 우리로다

가깝고도 머언
검푸른
산 줄기도 사철도 우리로다
만물이 소생하는 철도 우리로다
이 하루를 보내는 아비의 술잔도 늬 엄마가 다루는 그릇 소리도 우리로다

밤이면 대해大海를 가는 물거품도
흘러가는 화석化石도 우리로다

불현듯 돌 쫓는 소리가 나느니라 아비의 귓전을 스치는 찬바람이 솟아나느니라
늬 관棺속에 넣었던 악기로다
넣어 주었던 늬 피리로다
잔잔한 온 누리
늬 어린 모습이로다 아비가 애통하는 늬 신비로다 아비로다

늬 소릴 찾으려 하면 검은 구름이 뇌성이 비 바람이 일었느니라 아비가 가졌던 기인 칼로 하늘을 수없이 쳐서 갈랐느니라

그것들도 나중엔 기진해 지느니라

아비의 노망기가 가시어 지느니라

돌 쫗는 소리가

간혹 나느니라

맑은 아침이로다

맑은 아침은 내려 앉고

늬가 노닐던 뜰 위에

어린 초목草木들 사이에

신기神器와 같이 반짝이는

늬 피리 위에

나비가

나래를 폈느니라

하늘 나라에선

자라나면 죄 짓는다고

자라나기 전에 데려간다 하느니라
죄많은 아비는 따 우에
남아야 하느니라
방울 달린 은피리 둘을
만들었느니라
정성 드렸느니라
하나는
늬 관棺속에
하나는 간직하였느니라
아비가 살아가는 동안
만지작거리느니라

■ 말러의 슬픈 생애가 깃든 시입니다. 자식의 죽음을 무엇으로 표현할 수 있을까요. 자라나 죄 짓기 전에 하늘이 데려간 것이라 시인은 말합니다. 죽은 아이의 아비는 죄인입니다. 그가 살며 하는 일은 아무 의미가 없습니다. 다만 은피리를 만지작거릴 뿐. '방울 달린 은피리'는 주물呪物입니다. 산 자와 죽은 자를 연결하는 고리. 김종삼은 그런 시를 쓰는 시인입니다.

아뜨리에 환상幻想

아뜨리에서 흘러 나오던

루드비히의

주명곡奏鳴曲

소묘素描의 보석寶石길

………

한가하였던 창가娼街의 한낮

옹기 장수가 불던

단조單調

■ 아틀리에atelier는 예술가의 공간입니다. 상상력이 펼쳐지는 장소이기도 합니다. 시인의 아틀리에는 현실이면서도 현실을 벗어나 있습니다. 거기에 베토벤의 낭만적인 실내악이 유쾌하게 흐르기도 하고 신산한 삶을 위로하듯 구슬픈 곡조가 들리기도 합니다. 말줄임표를 치듯 침묵 속에 시인의 아틀리에는 기쁨과 슬픔이 어우러집니다. 꿈같은 세상 현실이기도 합니다.

올페

올페는 죽을 때
나의 직업은 시라고 하였다
후세後世 사람들이 만든 얘기다

나는 죽어서도
나의 직업은 시가 못된다
우주복宇宙服처럼 월곡月谷에 둥 둥 떠 있다
귀환 시각時刻 미정未定.

■ 오르페우스는 김종삼의 뮤즈입니다. 죽음을 극복하는 노래야말로 진정 시이기 때문입니다. '나의 직업은 시'라고 말한 사람은 프랑스 영화 주인공 '오르페'입니다. '후세 사람'이 바로 이 영화를 만든 장 콕도입니다. 김종삼은 취미로 시를 쓰는 애호가를 넘어 시인을 직업으로 여겼습니다. 그래서 시가 완성되기까지는 이 지상으로 돌아올 수 없습니다. 우주인처럼.

유성기留聲機

한 노인老人이 햇볕을 쪼이고 있었다
몇 그루의 나무와 마른 풀잎들이 바람을 쏘이고 있었다
BACH바흐의 오보의 주제主題가 번지어져 가고 있었다 살다
보면 자비한것 말고 또 무엇이 있으리
갑자기 해가 지고 있었다

■ 황혼 녘 노인은 생의 일몰을 앞두고 있습니다. 마른 잎처럼 메말랐습니다. 바흐의 오보에 협주곡은 밝은 음색과 가벼운 멜로디가 생기를 불러일으킨다고 합니다. 유성기에서 투박하게 흘러나오지만 스러져가는 노년을 위무하는 음악은 자비입니다. 더 이상 욕망이 스며들 수 없습니다. 김종삼의 시는 거기에 있습니다.

따뜻한 곳

남루를 입고 가도 차별이 없었던 시절
슈벨트의 가곡歌曲이 어울리던 다방이 그립다

눈내리면 추위가
계속되었고
아름다운 햇볕이
놀고 있었다

■ 형편이 어렵던 시절 김종삼은 무교동 근처 다방에 출근하듯 드나들었습니다. 행색 때문에 내치지 않았던 시절이었습니다. 부지런하고 인정 많았던 슈베르트의 음악이 어울립니다. 김종삼의 시도 그렇습니다. 계속되는 추위에도 아름다운 햇볕을 놀게 하여 인간적 온정을 잃지 않도록 합니다.

앤니 로리

노랑 나비야 너는 아느냐
〈메리〉도 산다는 곳을
자비스런 이들이 산다는 곳을
날 밝은 푸름과
꽃들이 만발한 곳을
세모진 빠알간 집 뜰을
너는 아느냐
노랑 나비야

다시금 갈길이 험하고
험하여도
언제나 그립고
반가운
음성
사랑스런
앤니 로리.

■ 일본 노래 '나비야蝶々'로 알고 있는 독일 동요 '꼬마 한스Hänschen klein'와 스코틀랜드 독립군가 '애니 로리'의 사연이 있습니다. 두 곡 모두 그리운 고향과 사랑하는 사람의 품으로 돌아가겠다는 다짐을 노래합니다. '메리'는 김종삼이 어렸을 적 만났던 서양 선교사였을 겁니다. 어떤 고난에도 반드시 이기고 돌아가겠다는 떠도는 사람들의 소망을 담았습니다.

최후最後의 음악音樂

세자아르 프랑크의 음악音樂 〈바리아숑〉은
야간夜間 파장波長
신神의 전원電源
심연深淵의 대계곡大溪谷으로 울려퍼진다

밀레의 고장 바르비종과
그 뒷장을 넘기면
암연暗然의 변방邊方과 연산連山
멀리는
내 영혼의
성곽城廓

■ 김종삼의 시는 세자르 프랑크의 변주와 바르비종파의 자연 귀의와 어깨를 견주고 있습니다. 세자르 프랑크의 바리아시옹Variation은 고요한 적막에서 솟아오르는 요란한 폭풍과 다시 밤의 적막으로 떨어지는 신비한 자연의 리듬을 담았습니다. 바르비종파는 아틀리에를 벗어나 자연으로 나가 교감하며 풍경을 그렸습니다. 최후의 시는 자연으로 돌아가는 일입니다.

라산스카

바로크 시대 음악들을 때마다
팔레스트리나들을 때마다
그 시대 풍경 다가올 때마다
하늘나라 다가올 때마다
맑은 물가 다가올 때마다
라산스카
나 지은 죄 많아
죽어서도
영혼이
없으리

■ 라산스카는 김종삼 뮤즈의 현신입니다. 바로크 음악의 감각적이고 격정적인 파격 속에서, 순례자를 맞이했던 웅장하고 화려한 팔레스트리나의 종교 음악 속에서 라산스카를 만날 수 있습니다. 아니 라산스카다움과 만나게 됩니다. 죽음을 떠올릴 때도, 자연으로 돌아가고자 할 때도, 영혼마저 버려질 것 같은 죄의 구렁에서도 손을 내미는 구원의 존재입니다.

평화와

받기 어려운 선물처럼

주일主日이 옵니다. 오늘만은
그리로 도라 가렵니다.

한켠 길다란 담장길이 버러져
있는 얼마인가는 차츰 흐려지는
길이 옵니다.

누구인가의 성상과 함께
눈부시었던 꽃밭과 함께 마중 가 있는 하늘가 입니다.

모—든 이들이 안식날이랍니다.
저 어린 날 주일主日 때 본
그림
카—드에서 본
나사로 무덤 앞이였다는
그리스도의 눈물이 있어 보이었던
그날이 랍니다.

이미 떠나 버리고 없는 그렇게
따사로웠던 버호니(모성애母性愛)의 눈시울을 닮은 그 이
의 날이랍니다.

영원이 빛이 있다는 아름다음이란
누구의 것도 될수 없는 날이랍니다.

그럼으로 모—두들 머믈러 있는 날이랍니다.
받기 어려웠던 선물처럼………

■ 선물을 받기 위해서는 기다림이 따릅니다. 원한다고 해서 선뜻 받게 되는 것이 아니기 때문입니다. 죽은 자를 살리기 위해 그리스도가 흘리는 눈물은 신의 의지입니다. 김종삼은 신의 뜻을 구체적으로 알아 볼 수 있는 증거가 모성애라 말합니다. 받기 어려운 구원의 선물은 어머니의 따뜻한 사랑이 없이는 불가능합니다. 그러므로 우리의 기다림은 너무나 인간적입니다.

오월五月의 토끼똥·꽃

토끼똥이 알알이 흩어진
가장자리에 토끼란 놈이 뛰어 놀고 있다.

쉬고 있다.

피어 오르는 아지랑이의 체온은 성자처럼 인간을 어차피 동심으로 흘러가게 한다.

그리고 나서는 참혹 속에서 바뀌어지었던 역사 위에 다시 시초의 여러 꽃을 피운다고,

매말라버리기 쉬운 인간 〈성자〉 들의
시초인 사랑의 새 움이 트인다고,

토끼란 놈은 맘놓은 채
쉬고 있다.

■ 4·19혁명을 노래한 시 입니다. 모두 격렬하게 목소리를 높였던 것을 생각하면 김종삼의 목소리는 차분합니다. 혁명의 뜻을 천진난만한 토끼에게서 찾아냈습니다. 그 평화로운 휴식에서. 마음을 놓을 만큼 쉼이 있어야 참혹한 역사가 사랑으로 변주된다고 합니다. 혁명은 인간을 성자의 반열에 올려놓았습니다. 모두 동심에서 발원하였습니다.

부활절復活節

벽돌 성벽에 일광이 들고 있었다.
잠시, 육중한 소리를 내이는 한
그림자가 지났다.

그리스도는 나의 산계급이었다고
현재는 죄없는 무리들의 주검 옆에
조용하다고
너무들 머언 거리에 나누어져 있다고
내 호주머니 〈머리〉 속엔
밤 몇톨이 들어 있는 줄 알면서
그 오랜 동안 전해 내려온 사랑의
계단을 서서히 올라가서
낯 모를 아희들이 모여 있는 안악으로 들어 섰다.
무거운 저 울 속에 든 꽃잎사귀처럼
이름이 적혀지는 아희들
밤 한 톨씩을 나누어 주었다.

■ 부활에 대해 생각합니다. 종교적으로는 죽음을 극복하고 새로운 존재로 다시 사는 것을 말합니다. 그런 일이 수천 년 전에 있었다고 합니다. 지금 김종삼에게 그리스도는 산 계급, 즉 무산 계급입니다. 노동으로 겨우 살아가는 사람들입니다. 죄 없는 무리입니다. 그중에 아이들입니다. 밤 한 톨은 겨울양식 같은 것입니다. 부활은 나눔입니다.

샹뼁

술을 먹지 않았다.

가파른 산을 올라가고 있었다.

산과 하늘이 한바퀴 쉬입게 뒤집히었다.

다른 산등성이로 바뀌어졌다. 뒤집힌 산덩어린 구름을 뿜은채 하늘 중턱에 있었다.

뉴스인듯한 라디오가 들리다 말았다. 드물게 심어진 잡초가 깔리어진 보리밭은 사방으로 펼치어져 하늬 바람이 서서히 일었다. 한 사람이 앞장서 가고 있었다.

좀 가노라니까

낭떠러지기 쪽으로

큰 유리로 만든 자그만 스카이 라운지가 비탈지었다.

언어言語에 지장을 일으키는

난쟁이 화가畵家 로트렉끄씨氏가

화를 내고 있었다.

■ '샹뼁'은 프랑스의 수채화가·석판화가 장 자크 샹뼁Jean-Jacques Champin(1796~1860)으로 보입니다. 샹뼁은 역사적 풍경을 화폭에 담았습니다. 풍경 이면의 역사에 의미를 두었다고 합니다. 시인도 그러합니다. 산동네 풍경 속에 화가 로트레크의 삶이 겹쳐 있습니다. 왜소한 몸뚱이로 세상의 위선을 직시했던 로트레크. 김종삼도 그랬습니다.

앙포르멜

나의 무지無知는 어제속에 잠든 망해亡骸
쎄자아르 프랑크가 살던 사원寺院 주변에 머물었다.

나의 무지無知는 스떼판 말라르메가 살던
목가木家에 머물었다.

그가 태던 곰방대 훔쳐 내었다.
훔쳐낸 곰방대 물고서
나의 하잘것이 없는 무지無知는
방 고호가 다니던 가을의 근교近郊
길 바닥에 머물었다.
그의 발바닥만한 낙엽이 흩어졌다.
어느 곳은 쌓이었다.

나의 하잘것이 없는 무지無知는 쟝=뽈 싸르트르가
경영經營하는 연탄공장煉炭工場의 직공職工이 되었다
파면罷免되었다.

■ 김종삼은 세계적인 예술 운동의 일원입니다. 또 다른 예술로서 앙포르멜Informel을 지향합니다. 정형화되지 않은 것으로 새로운 세계를 열고자 합니다. 이 전위적이며 현대적인 흐름에 프랑크, 말라르메, 고흐, 싸르트르가 있습니다. 이들을 따르고자 하지만 힘겹습니다. 앙포르멜은 자유를 구가해야 하기 때문입니다. 시인은 숨막히는 시대를 살았습니다.

나

나의 이상理想은 어느 한촌寒村 역驛같다.
간혹 크고 작은
길 나무의 굳어진 기인 눈길 같다.
가보진 못했던 다 파한 어느 시골 장거리의
저녁녘 같다.
나의 연인戀人은 다 파한 시골
장거리의 골목 안 한 귀퉁이 같다.

■ 자화상 시입니다. 김종삼이 스스로를 어느 공간에 가져다 놓는지 살펴보면 그의 시를 읽는 데 도움이 됩니다. 가난하고 쓸쓸한 마을 역, 구불구불 이어진 눈길, 파장 터 저녁 무렵은 시인이 추구하는 가장 완전한 공간입니다. 그가 사랑하는 사람도 거기에 있습니다. 대도시 역에, 탄탄대로에, 휘황한 백화점 거리에 김종삼은 없습니다.

오五학년 일一반

오五학년 일一반입니다.

저는 교외에서 살고 있기 때문에 저의 학교도 교외에 있읍니다

오늘은 운동회가 열리는 날이므로 오랫만에 즐거운 날입니다.

북치는 날입니다.

우리 학굔

높은 포플라 나무줄기로 반쯤 가리어져 있읍니다.

아까부터 남의 밭에서 품팔이하는 제 어머니가 가믈가믈하게 바라다 보입니다.

운동 경기가 한창입니다.

구경온 제또래의 장님이 하늘을 향해 웃음지었읍니다.

점심때가 되었읍니다.

어머니가 가져 온 보자기 속엔 신문지에 싼 도시락과 삶은 고구마 몇개와 사과 몇개가 들어 있었읍니다.

먹을 것을 옮겨 놓는 어머니의 손은 남들과 같이 즐거워 약간 떨리고 있읍니다.

어머니가 품팔이하던

밭 이랑을 지나가고 있었읍니다. 고구마 이삭 몇 개를 주워 들었읍니다.

어머니의 모습은 잠시나마 하느님보다도 숭고하게 이 땅

위에 떠오르고 있었읍니다.

이제 구경왔던 제또래의 장님은 따뜻한 이웃처럼 여겨졌습니다.

■ 5학년 1반 운동회는 평화로 가득합니다. 품팔이하는 어머니도, 장님도 즐겁습니다. 평소에는 함께할 수 없는 사람들입니다. 이 차별 없이 즐거운 떨림은 숭고합니다. 하느님도 만들어 주지 못한 잔치이기 때문입니다. 우리 가난한 이웃들입니다. 또래들입니다. 운동회는 공감의 연대가 이루어지는 축제입니다. 김종삼은 이 천국을 땅 위에서 실현합니다.

나의 본적本籍

나의 본적本籍은 늦가을 햇볕 쪼이는 마른 잎이다.

밟으면 깨어지는 소리가 난다.

나의 본적本籍은 거대巨大한 계곡溪谷이다.

나무 잎새다.

나의 본적本籍은 푸른 눈을 가진 한 여인의 영원히 맑은 거울이다.

나의 본적本籍은 차원次元을 넘어다니지 못하는 독수리다.

나의 본적本籍은
몇 사람 밖에 아니되는 고장
겨울이 온 교회당教會堂 한 모퉁이다.

나의 본적本籍은 인류人類의 짚신이고 맨발이다.

■ 나는 본래 어디서 왔는가 고백합니다. 그런데 김종삼이 아니라 그리스도의 발원으로 보입니다. 대자연이 곧 나이며, 하느님의 아들이며, 인류를 위해 스스로 가장 낮은 곳에 내려왔다는 성경의 서사 그대로 입니다. 여기서 눈에 띄는 것은 '푸른 눈의 여인'입니다. 그리스도가 가난한 이의 거울이게끔 마련한 사람입니다. 어머니입니다.

무슨 요일曜日일까

의인醫人이 없는 병원病院 뜰이 넓다.

사람의 영혼과 같이 개재介在된 푸름이 한가하다.

비인 유모차乳母車 한 대臺가 놓여졌다.

말을 잘 할줄 모르는 하느님의 것일까.

버리고 간 것일까.

어디메도 없는 연인戀人이 그립다.

창문窓門이 열리어진 파아란 커튼들이 바람 한점 없다.

오늘은 무슨 요일曜日일까.

■ 지금 나는 어디 있는가. 버려졌다는 유기의식 때문에 인간이 태어나면서부터 묻는 실존적 물음입니다. 시인은 한계 상황에 놓였습니다. 의사가 구완하지 않는 병든 현실입니다. 신의 가호도 없는 저주 받은 미래입니다. 이 상실 속에 푸르고 파란 존재를 그리워합니다. 이 푸른 이미지는 성모를 상징합니다. 김종삼에게는 라산스카이며, 어머니입니다.

물통桶

희미한
풍금風琴 소리가
툭툭 끊어지고
있었다

그 동안 무엇을 하였느냐는
물음에 대해

다름아닌 인간人間을 찾아다니며
물 몇통桶 길어다 준 일밖에 없다고

머나 먼 광야廣野의 한 복판
야튼
하늘 밑으로
영롱한 날빛으로
하여금 따우에선

■ 오르페우스가 저승에서 죽음의 신 하데스 앞에 섰을 때 들었던 물음 같습니다. 김종삼도 죽어서 그동안 무엇을 하였느냐는 물음에 대해 답을 준비했습니다. 물 몇 통 길어다 주었다고. 김종삼의 시는 평화와 아름다움 두 축으로 이루어져 있습니다. 인간을 위해 길어다 준 물의 정체는 평화였습니다. 그 바탕 위에서 영롱한 아름다움이 펼쳐집니다.

묵화墨畵

물먹는 소 목덜미에

할머니 손이 얹혀졌다.

이 하루도

함께 지났다고,

서로 발잔등이 부었다고,

서로 적막하다고,

■ 한 폭의 수묵화를 보는 듯합니다. 구구한 설명이 필요 없습니다. 소 목덜미에 얹힌 할머니의 손은 성 프란치스코 어깨에 앉은 새들을 떠올리게 합니다. 서로 다른 두 존재의 합일은 필연입니다. 결코 우연일 것 같지 않습니다. 고통 아래서 모두 하나입니다. 일체감은 가장 큰 선물입니다. 모든 차별과 경계를 뛰어넘기 때문입니다.

새

또 언제 올지 모르는
또 언제 올지 모르는
새 한마리가 가까히 와
지저귀고 있다
이 세상에선 들을 수 없는
고운 소리가 천체에 반짝이곤 한다
나는 인왕산 한 기슭
납작집에 사는 산 사람이다

■ 새는 천상과 지상을 연결하는 사자입니다. 그가 와서 들려주는 소리는 이 세상에서는 들을 수 없고, 천체, 즉 성하聖河에 반짝입니다. 신의 메신저는 쉽게 오지 않습니다. 신탁을 받기 위해 시인은 산기슭에 낮은 자세로 자리 잡고 있습니다. 시를 생각하면 새는 시적 영감 같은 것입니다. 시는 만들어지지 않고 다가와 속삭입니다.

두꺼비의 역사轢死

갈 곳이 없었다

비가 쏟아지고 있었다
버스를 기다리고 있었다

두꺼비 한 마리가 맞은편으로 엉금엉금 기어가고 있었다 연해 엉덩이를 들석거리며 기어가고 있었다 차량들은 적당한 시속으로 달리고 있었다

수없는 차량 밑을 무사 돌파해가고 있으므로 재미있게 보였다.

…………

대형大型 연탄차 바퀴에 깔리는 순간의 확산擴散소리가 아스팔트길을 진동시켰다 비는 더욱 쏟아지고 있었다
무교동에 가서 소주 한잔과 설농탕이 먹고 싶었다

■ 찻길 동물 사고를 보고 쓴 시입니다. 김종삼은 두꺼비의 행보를 재미있게 바라보고 있습니다. 그가 자주 쓰는 표현입니다. 이유는 분명합니다. 역경을 돌파해 가기 때문입니다. 비록 힘겹지만 포기하지 않고 삶을 꾸려가는 모습이 신비롭지 못해 놀랍다는 겁니다. 하지만 그 경이로움을 무참히 짓밟는 현실 앞에 시인도 생기를 잃고 맙니다.

피카소의 낙서落書

뿔과 뿔 사이의 처량한 박치기다 서로 몇군 데 명중되었다 명중될 때마다 산속에서 아름드리 나무 밑둥에 박히는 도끼의 소리다.

도끼 소리가 날때마다 구경꾼들이 하나씩 나자
빠졌다.

연거푸 나무 밑둥에 박히는 도끼 소리.

■ 닭이 쉼 없이 모이를 쪼듯 하릴없이 끄적거렸던 일들이 예술로 승화됩니다. 피카소의 그림은 나무꾼이 아름드리나무와 대면한 결과물과 같습니다. 유명한 '게르니카'의 밑바탕에 수천 번에 걸친 데생이 있었다고 합니다. 김종삼 또한 그러한 시 쓰기를 멈추지 않았습니다. 말 하나하나 매만지고 다듬어 군말이 없습니다. 피카소의 웅장한 예술혼에 가닿으려는 시혼입니다.

장편掌篇

조선 총독부가 있을 때
청계천변川邊 십전균일十錢均一 상床밥집 문턱엔
거지 소녀가 거지 장님 어버이를
이끌고 와 서 있었다
주인 영감이 소리를 질렀으나
태연 하였다
어린 소녀는 어버이의 생일이라고
십전十錢짜리 두 개를 보였다.

■ 김종삼의 인간 존중 주제가 잘 나타난 시입니다. 사람에게는 수오지심羞惡之心이 있어서 자기의 옳지 못함을 부끄럽게 여깁니다. 마찬가지로 남의 옳지 못함을 미워합니다. 시 속 어린 소녀는 인간으로서 마땅히 받아야할 생명 존중을 표명합니다. 이 식민지 시대 상황은 오늘날에도 내면화되어 있습니다. 억압적 식민성 앞에 태연할 수 있는 인간됨이 있어야 합니다.

장편掌篇

사람은 죽은 다음
천국이나 지옥에 간다 하지만
나는 틀린다
여러번 죽음을 겪어야 할
아무도 가 본일 없는
바다이고
사막이다

작고한 심우명心友銘
전봉래全鳳來 시詩
김수영金洙暎 시詩
임긍재林肯載 문학평론가文學評論家
정 규鄭 圭 화가畵家

■ 김종삼의 죽음의식을 엿볼 수 있습니다. 천국이나 지옥은 사후에 있지 않고 지금 여기에 있다고 여깁니다. 살면서 수많은 죽음을 목도했기 때문입니다. 그들을 호명합니다. 음악에 해박했던 전봉래, 진정 현대시인 김수영, 휴머니즘을 펼친 임긍재, 서민적인 정규. 김종삼은 죽을 때까지 시 속에서 이들과 지냈습니다.

미켈란젤로의 한낮

거암巨岩들의 광명光明
대자연大自然 속
독수리 한놈 떠 있고
한 그림자는 드리워지고 있었다.

■ 미켈란젤로는 거장입니다. 그의 전성기, 즉 한낮에 '산 피에트로' 대성당을 설계하고 '다비드상'을 조각했으며 '최후의 심판'을 그렸습니다. 거대한 예술의 위대함이 온 세상을 비춥니다. 또 다른 세계가 있습니다. 대자연입니다. 거기에는 빛과 그림자가 겹쳐지고 있습니다. 그리고 세속과 천상의 공간을 넘나드는 독수리, 신의 메신저 시인이 있습니다.

내가 죽던 날

눈발이 날리고 있었다
주먹만하다 집채만하다
쌓이었다가 녹는다
교황청 문 닫히는 소리가 육중
하였다 냉엄하였다
거리를 돌아다니다가
다비드상像 아랫도리를 만져보다가
관리인에게 붙잡혀 얻어터지고 있었다

■ 김종삼은 죽음을 어떻게 맞이하고자 했을까요? 웃음거리로 치부해 버렸네요. 그런데 미켈란젤로가 다비드상을 만들 때 일화를 떠올리면 내심 또 다른 뜻이 도사리고 있습니다. 미켈란젤로는 다비드상을 조각한 것이 아니라 거대한 돌 속에 숨 쉬고 있는 인간을 해방시킨 것이라고 했답니다. 죽음은 인간 속박에서 자유를 얻는 것인가 봅니다.

장편掌篇

어지간히 추운 날이었다
눈발이 날리고 한파 몰아치는 꺼먼 날이었다
친구가 편집장인 아리랑 잡지사에 일거리 구하러 가 있었다
한 노인이 원고를 가져 왔다
담당자는 맷수가 적다고 난색을 나타냈다
삼십이매 원고료를 주선하는 동안
그 노인은 연약하게 보이고 있었다
쇠잔한 분으로 보이고 있었다
얼마 안 되어 보이는 고료를 받아든 노인의 손이 조금 경련을 일으키는 것 같았다.
계단을 조심스럽게 내려가는 노인의 걸음거리가 시원치 않았다

이십 여년이 지난 어느 추운 날 길 거리에서 그 당시의 친구를 만났다 문득 생각나 물었다
그 친군 안 됐다는 듯
그분이 방인근方仁根씨였다고.

■ 한때 명성을 날리던 대중 소설가 방인근의 사연이 기본 뼈대입니다. 이제 노인이 되어 빛나던 영광도 사라졌습니다. 떨리는 그의 손이 지금 쇠잔한 처지를 그대로 보여 줍니다. 동정을 넘어 연민을 느끼게 하는 인생사는 누구나 치러야 할 여정입니다. 김종삼도 그것을 알기에 세월이 한참 지난 후에도 문득 떠올립니다. 이제 자신도 그 자리에 다다랐다고.

누군가 나에게 물었다

누군가 나에게 물었다. 시가 뭐냐고
나는 시인이 못됨으로 잘 모른다고 대답하였다.
무교동과 종로와 명동과 남산과
서울역 앞을 걸었다.
저녁녘 남대문 시장안에서
빈대떡을 먹을 때 생각나고 있었다.
그런 사람들이
엄청난 고생 되어도
순하고 명랑하고 맘 좋고 인정이
있으므로 슬기롭게 사는 사람들이
그런 사람들이
이 세상에서 알파이고
고귀한 인류이고
영원한 광명이고
다름아닌 시인이라고.

■ 김종삼은 시 자체보다는 시 쓰는 자세를 더 중요시 여기고 있습니다. 시인은 누구일까 답합니다. 시련에 굴하지 않고 지혜롭게 사는 사람들이며 유쾌함을 잊지 않는 사람들이라고. 시는 더부룩하고 쉬어야 한다는 그의 시론과 어울립니다. 그의 시를 보면 삶의 핍진한 현실을 드러내 불편하지만 왜곡 없이 금방 삶의 진실을 알아챌 수 있습니다.

전쟁과

원정園丁(『신세계』, 1956. 3.)

전봉래全鳳來(『현대시집•전쟁과음악과희망과』, 자유세계사, 1957.)

주름간 대리석大理石(『현대문학』, 1960. 11.)

아우슈뷔치(『현대시』 제5집, 1963. 12.)

소리(『조선일보』, 1965. 12. 5.)

지대地帶(『현대시학』, 1966. 7.)

문장수업文章修業 (『현대한국문학전집 18 · 52인시집』, 신구문화사, 1967.)

북치는 소년 (『현대한국문학전집 18 · 52인시집』, 신구문화사, 1967.)

미사에 참석參席한 이중섭씨李仲燮氏(『현대문학』, 1968. 8.)

돌각담(『십이음계』, 삼애사, 1969.)

엄마(『현대시학』, 1971. 9.)

시인학교詩人學校(『시문학』, 1973. 4.)

달 뜰 때까지(『문학과지성』, 1974. 겨울.)

어부漁夫(『시문학』, 1975. 9.)

아우슈비츠 라게르(『한국문학』, 1977. 1.)

평범한 이야기(『신동아』, 1977. 2.)

민간인民間人(『시인학교』, 신현실사, 1977.)

기동차가 다니던 철뚝길(『시인학교』, 신현실사, 1977.)

소곰 바다(『세계의문학』, 1980. 가을.)

소공동 지하 상가(『누군가 나에게 물었다』, 민음사, 1982.)

서시序詩(『평화롭게』, 고려원, 1984.)

음악과

G·마이나(『연대시집•전쟁과음악과희망과』, 자유세계사, 1957.)

쑥내음 속의 동화(『지성』, 1958, 가을.)

드빗시 산장 부근(『한국문학전집 35 시집 (하)』, 민중서관, 1959.)

십이음계十二音階의 층층대層層臺(『현대문학』, 1960. 11.)

라산스카(『현대문학』, 1961. 7.)

라산스카(『자유문학』, 1961. 12.)

음音(『현대시』 제3집, 1963. 1.)

라산스카(『현대시』 제4집, 1963. 6.)

단모음短母音(『현대시』 제5집, 1963. 12.)

배음背音(『현대문학』, 1966. 2.)

스와니강江이랑 요단강江이랑(『현대한국문학전집 18·52인시집』, 신구문화사, 1967.)

라산스카(『신동아』, 1967. 10.)

음악音樂—마라의 「죽은 아이를 추모追慕하는 노래」에 부쳐서(『십이음계』, 삼애사, 1969.)

아뜨리에 환상幻想(『십이음계』, 삼애사, 1969.)

올페(『심상』, 1973. 12.)

유성기留聲機(『현대시학』, 1974. 3.)

따뜻한 곳(『월간문학』, 1975. 4.)

앤니 로리(『세대』, 1978. 5.)

최후最後의 음악音樂(『현대문학』, 1979. 2.)

라산스카(『누군가 나에게 물었다』, 민음사, 1982.)

평화와

받기 어려운 선물처럼(『연대시집•전쟁과음악과희망과』, 자유세계사, 1957.)

오월五月의 토끼똥 · 꽃(『한국전후문제시집』, 신구문화사, 1961.)

부활절復活節(『한국전후문제시집』, 신구문화사, 1961.)

샹뼁(『신동아』, 1966. 1.)

앙포르멜(『현대시학』, 1966. 2.)

나(『자유공론』, 1966. 7.)

오五학년 일一반(『현대한국문학전집 18 · 52인시집』, 신구문화사, 1967.)

나의 본적本籍(『본적지』, 성문각, 1968.)

무슨 요일曜日일까(『본적지』, 성문각, 1968.)

물통桶(『본적지』, 성문각, 1968.)

묵화墨畵(『월간문학』, 1969. 6.)

새(『심상』, 1977. 1.)

두꺼비의 역사轢死(『현대문학』, 1971. 8.)

피카소의 낙서落書(『월간문학』, 1973. 6.)

장편掌篇(『시문학』, 1975. 9.)

장편掌篇(『월간문학』, 1976. 11.)

미켈란젤로의 한낮(『문학과지성』, 1977. 봄.)

내가 죽던 날(『현대문학』, 1980. 4.)

장편掌篇(『문학과지성』, 1980, 여름.)

누군가 나에게 물었다(『누군가 나에게 물었다』, 민음사, 1982.)

해설

백 년의 고독과 시인의 사라짐

1. 고독한 시인을 부르며

시인 탄생 백 주년을 기리는 일은 상투적 행위이면서도 뜻깊다. 비로소 새로운 문학사의 탄생을 알리는 출발점이기 때문이다. 적어도 한 세기를 겪고 난 후에라야 시인의 진면목을 알 수 있지 않을까. 시인은 하늘의 별 만큼 많다. 명멸하다 사라진다. 오늘 빛나도 백 년을 발광하기는 쉽지 않다. 탄생 사백 주년을 맞는 이십 세기에 들어서야 현대적인 셰익스피어와 만날 수 있었던 경우를 보면 시인은 쉽게 드러나는 존재가 아니다. 시인을 불러내는 세상 이법이 호들갑스러울 뿐 시인은 침묵 속에 있다.

이런 와중에 김종삼을 호명하는 데는 두 가지 뜻이 함축돼 있다. 하나는 한국 문학이 그에게 빚진 것이 있다는 의미이며 다른 하나는 그의 문학이 한국 문학의 서부西部라는 의미이다.

첫째, 그에게 빚진 것은 한국 문학사의 중요한 지점에서 그를 배제하고 있다는 점이다. 해방 이후 한국 문학은 움직일 수 없이 분단의 이면사이다. 전쟁과 산업화와 민주화를 거치며 오늘에 이르기까지 고착된 분단 상태를 벗어난 적이 없기 때문이다. 한국 문학이 무엇을 담고 표현하며 주장해도 집단 무의식처럼 저변에는 전쟁과 분단으로 잉태된 상실이 자리하고 있다. 이는 전쟁 공포나 분단 이데올로기로 점철된 종군 문학이나 관념적 혁명 문학 혹은 체제 유지에 복무한 처세 문학이 한국 문학의 정체성이라는 것이 아니다.

다른 말로 하면 역설적으로 한국 문학의 정체성은 분단 현실을 극복하고 새로운 역사 현실을 지향하는 데 있음을 부인할 수 없다. 분단 현실에 안주하거나 분단 현실을 인식했다 하더라도 역사의식으로 전면화하지 못한다면 그것은 문학의 길이 아니라 또 다른 논리를 추구하는 길일 수밖에 없다. 이는 어떤 이념적 당파성이나 문학적 방법론을 주창하는 태도를 가리키는 것이 아니다. 오로지 문학 현상을 역사 속에서, 현실 속에서 바라보려는 입장일 뿐이다.

이러한 측면에서 분단 현실을 문학으로 재현한 제대로 된 작품을 한국 문학에서 얼마나 꼽을 수 있을지 의문이다. 오히려 그러한 시도가 온전히 수행된 예가 있는지 알 수 없다. 아직도 현재 진행형인 분단의 이면적 패러다임이 문학 현장에서 시대착오적인 주제로 낙인되는 현실은 아이러니가 아닐 수 없다. 그렇다고 분단을 소재화하여 생경하게 형상화하라는 뜻이 아님도 덧붙일 이유가 없다.

김종삼 탄생 백 년을 돌이켜 볼 때 그의 문학은 '전쟁과 음악과 평화와' 행보를 같이 했다. 그의 시는 전쟁이 남긴 상실의 주제학이며, 전쟁의 상처를 보듬는 치유의 미학이며, 분단을 극복하려는 평화의 시학이 아닐 수 없다. 이백 사십여 편 남짓 김종삼의 시는 오로지 상실과 치유와 극복의 전언으로 점철됐다. 한국 문학에서 그처럼 사특함이 없이 시 정신을 밀고 간 시인이 얼마나 되는가. 그가 지향했던 '내용 없는 아름다움'과 '형식 없는 평화'의 시학은 한국 문학의 정체성을 온전히 담보한다 해도 괜찮다. 그런 측면에서 김종삼 문학은 한국 문학의 새로운 영토가 아닐 수 없다.

둘째, 김종삼 문학은 한국 문학의 경직성을 탈피하고 다성성을 기할 수 있는 전환점이 될 수 있다. 한국 문학의 전개 과정은 낭만적 상상력과 현실적 상상력의 지속과 변이를 반복하는 길항 관계라 할 수 있다. 1910년대의 낭만성이 1920년대 현실성으로 자리바꿈하며 1930년대 낭만성과 현실성이 변증법적으로 변주돼 한국 문학의 정점을 이루게 된 점을 생각하면 자명하다. 이 과정에서 백가쟁명으로 문학의 꽃이 피는 것은 세계 문학사를 견주어도 그렇다. 그러나 한국 문학은 해방과 분단을 거치며 하나의 목소리만 내는 불치의 상상력 속에 갇힌다. 이는 현실적 상상력의 배제에서 배태된 것이다. 이와 더불어 낭만적 상상력의 풍부함도 왜소하게 축소되었음은 물론이다.

이 자리를 대체한 것이 전통적 상상력이다. 돌이켜 보면 50, 60년대 난해시의 양태는 전통적 상상력의 안티테제라 할 수 있다. 그러나 이러한 대립적 구조는 지난 시기 전개됐던 문학적 양상의 역동적 흐름이 아니라 다르면서도 같은 쌍생아적 양상이라 할 수 있다. 이는 공명지조共命之鳥의 형국이 아닐 수 없다. 지난날 전통적 상상력이 관념적 서정을 펼칠 때 반전통적 상상력은 무의식을 지향하는 내면적 서정을 추구하였다. 관념과 내면의 세계는 상징과 욕망이라는 체계에서 서로 의지적이다. 그러나 경직된 단일 목소리는 매한가지이다. 돌이켜 보면 이러한 기형적 문학 국면을 낭만적 상상력으로 통칭한다면 현실적 상상력은 왜소할 뿐이다.

이 축소된 지점에 김종삼 문학이 자리하고 있다. 그것은 김수영과 신동엽이 이루지 못한 세계라 할 수 있다. 김종삼은 자신이 뮤즈로 여겼던 말라르메를 통해 이러한 현실적 상상력의 일단을 펼친다. "스테판 말라르메가 그러했듯이 시는 소박하고, 더부룩해야 하고, 또 무엇보다도 거짓말이 끼어들지 않아야겠다(김종삼, 「먼 '시인의 영역'」, 『문학사상』3월호, 1973.)"고. 이때 '더부룩해야'하는 시의 구경은 무엇인지 명확하게 알 수 없다. 모호하지만 말라르메의 시학을 따르면 김종삼은 언어가 현실을 비출 수 없는 '부재'의 허무함 속에서 시만이 구원으로 가는 신비스러운 현상이라고 여겼을 것이다. 그래서 시의 언어는 '더부룩할' 만큼 불편해야 한다. 김수영이 말하듯 불온한 것이어야 한다. 그것은 인간 본질이 부재한 현실을 채우는 행위이며 현실을 직시하는 시적 행위라 할 수 있다. 비록 허무와 침묵 속에 시적 상황이 전개되지만 김종삼의 시는 늘 현실에서 부재한 존재들을 시 속에서 들어 올리고 있다.

시 「오월의 토끼똥·꽃」(『한국전후문제시집』, 신구문화사, 1961.), 「민간인」(『현대시학』, 1970. 11.), 「소곰 바다」(『세계의문학』, 1980. 가을.) 등 일련의 시는 사람들이 위기에 처했을 때, 삶이 전환점에 있을 때를 조명하고 있다. 즉 항상 '문턱에 있는 삶lives on the threshold'을 묘사하고 있다. 이러한 상상력은 바흐친이 말한 다성성이며 대화적 상상력의 일환이기도 하다.

2. 김종삼 문학의 현대성과 세계성

독일 문학에서 시인의 시인으로 추앙받고 있는 횔더린에 버금갈 시인을 한국 문학에서 찾는 다면 단연 김종삼이다. 횔더린이 존재했기에 괴테가 있듯이 그를 통해 한국 시문학의 미래를 가늠할 수 있지 않을까. 그러나 이러한 미래를 조망하기에 앞서 김종삼 문학의 현재는 불확정적이다.

첫째는 전기적 국면이 명확하지 않다는 점이며 둘째는 등단작 등 원전 확정에 문제가 있다는 점이다. 김종삼의 생애는 반편의 기록이라 하지 않을 수 없다. 기록을 통해 확정된 사실을 따진다면 1954년 6월 시 「돌」을 『현대예술』에 발표했다는 것이 처음이다. 김시철 시인에 따르면 이 작품이 등단작일 것이라 하지만 확증할 수는 없다. 이때 김종삼의 나이 서른셋이다. 이후의 삶은 1984년 12월 8일 사거死去 때까지 삼십 년의 기록이 있을 뿐이다. 적어도 한 시인의 생애를 작품으로만 살펴볼 수는 없다. 삶과 시가 떨어질 수 없는 하나의 세계라면 시 발표 이전의 삶 또한 중요한 이력이다. 1954년 이전의 생애는 그저 전언으로만 채록됐을 뿐이다. 소위 김종삼의 생애 전반기는 문자화된 기록으로 확증된 것을 찾기 힘들다.

전반기 생애를 북한과 일본과 해방, 전쟁기로 나눠 본다면 북한에서의 생애는 검증할 길이 없다. 1921년 4월 25일 황해도 은율 출생이라는 원적을 확인하지 못했으며 이후 어디서 성장했는지 알 수 없다. 평양에서의 유년 시절 또한 밝혀진 바 없다. 시 속에 등장하는 풍경 속에서 존재할 뿐이다. 1934년 13세 때 평양 광성보통학교를 졸업하고 평양 숭실중학교에 입학했다는 것도 나이를 따져 추정할 뿐이다.

1938년 17세 때 형 김종문의 부름으로 일본에 가게 된 것은 1938년 평양 숭실중학교가 일제에 폐교당했음을 볼 때 개연성이 크다. 1938년 동경 도요시마豊島 상업학교에 편입학하고 1940년(19세) 3월, 도요시마 상업학교를 졸업했다고 전하지만 일본 현지답사에 따르면 그와 관련된 기록은 찾을 수 없다. 도요시마 지역 네 개 학교를 수소문했지만 김종삼의 이름은 학적부에 남아 있지 않았다. 1942년(21세) 4월, 일본 동경문화학원 문학과에 입학하여 야간학부로서 낮에는 막노동을 하며 밤에 공부하는 주경야독의 시절을 보냈다고 『김종삼정집金宗三正集』에 적었다. 그러나 이 역시 현지 조사 결과 기록을 찾을 수 없었다.

동경문화학원은 야간학부가 없었으며 어디서 살며 어떻게 통학했는지 묘연하다. 1944년(23세) 6월, 동경문화학원을 중퇴했다지만 당시 일본은 이 차 세계 대전 중이었다. 학생들은 동원령이 내려 징발되었고 동경문화학원 역시 1943년 9월에 군부에 폐교조치 되었고 교정은 군대가 접수하였다. 그러므로 학적은 분명하지 않다. 이후 김종삼이 영화인과 접촉하면서 조감독직으로 일하고 동경출판배급

주식회사에 입사한 점 또한 그의 전언일 뿐이다. 이러한 생애를 김종삼이 꾸며 말했다고 보지 않는다. 기록이 보여줘야 할 명징함을 확보할 수 없을 뿐이다. 김종삼이 동경문화학원의 학풍을 지향했고 전수했다는 사실은 확실하다. 당시 동경문화학원은 일본 제국주의와 다른 노선을 걸으며 진보적이고 전위적인 학풍을 견지했다. 그래서 사사건건 일제와 갈등을 겪었으며 강사들이 징벌과 해직을 거듭했다.

해방이 되자 김종삼은 김종문을 따라 북한으로 갔다 남하한 것으로 보인다. 1945년 김종문이 군사영어학교에 있을 때 관사에 함께 머물렀다. 이 장소는 현재 서대문구 냉천동 감리교 신학 대학교 자리이다. 전쟁기에 김종삼은 어떤 행로를 따랐을까. 김종문을 따라 국방부 정훈국이 이전할 때마다 이동했을 것이다. 전쟁기에 국방부는 수원, 대전, 대구, 부산으로 이동한다. 곳곳마다 김종삼의 흔적이 있을 것이다. 대구 중구에서 전쟁기 김종삼이 머물던 곳을 확인하여 채록했다. 대구에서 전봉건이 있었던 르네상스에 자주 드나들었고 당시 피난살이 했던 문인들과 어울렸다. 그리고 이 당시 시를 발표했을 개연성이 있는데 이 부분은 조사가 더 필요하다. 부산 피난 시절은 기존 문인들의 행로 따라 추정할 뿐이다.

생애 문제와 더불어 등단 절차를 확인하는 일도 정체 상태다. 아직도 시 「원정」이 등단작으로 회자되고 있는 형편이다. 이 시는 1956년 『신세계』 3월호에 게재된 것으로 확인된다. 현재는 1954년 『현대예술』 6월호에 발표한 시 「돌」이 최초다. 그러나 생각해 볼 여지는 있다. 『신세계』는 대전지역에서 발행됐던 잡지로 전쟁기, 즉 1953년 이전 이

잡지를 통해 시작 활동했을 여지도 있다. 더불어 대구지역과 부산지역 어딘가에 등단 흔적이 있지 않을까 가늠해 본다.

이처럼 김종삼 문학의 미망에도 그의 시는 빛을 발하고 있다. 그 요체를 현대성과 세계성으로 특정할 수 있다. 시의 현대성을 무엇으로 규정짓는가는 쉽지 않다. 김종삼은 말라르메의 언어적 현대 감각을 자기 것으로 했다. 시가 신비스러운 단계를 지나 성스러운 단계로 넘어가는 그 지점에 시인의 메타적 접근이 필요하다는 점을 인식했다. 말라르메가 시 창작의 원리로 삼으려 했던 음악의 신비로움과 성스러움의 원리는 '「예술에서의 이단」(1862년)'이라는 글에 잘 나타난다. "모든 성스러운 것과 그리되려 하는 것은 신비스러움으로 감싸져 있다(Toute chose sacrée et qui veut demeurer sacrée s'enveloppe de mystère.)." 이러한 음악의 두 요소를 시 속에서 구현하기 위해 말라르메는 가장 먼저 말소리의 느낌, 즉 어감에 주목한다. 그리고 청각에서 시각으로 이동을 모색한다. 그럼으로써 작가의 개별성이 개입되지 않은 독립적이고 자율적인 하나의 울림의 공간으로서 시 구조를 만들려 한다. 여기서 김종삼이 주목한 것은 '시인의 배제' 즉 '시인의 사라짐'이다. 이때 시는 서로 영향을 주고받으며 진동과 울림을 낳는다. 이런 음악적 분위기, 기운, 기세 속에서 말라르메는 성스러움의 배경으로 '시인 웅변의 사라짐'을 전제로 한다. 시적 대상과 관계 했던 옛 서정적 호흡, 개인적 표현을 포기하고 말들에 그 권한을 내어주는 태도라 말한다.

시인의 사라짐을 통해 획득된 언어의 자율성, 혹은 자유는 인간 개개인의 자율성과 상호작용하는 현대적 감각이라 할 수 있다. 이는 김수영이 김종삼과 교류하던 당시 '새로움'을 표제로 삼는 일련의 글에서 동일하게 담고 있는 내용이기도 하다. 「새로움의 모색(1961. 9. 18.)」, 「새로운 포멀리스트들(1967. 3.)」이 그렇다. 특히 「시여 침을 뱉어라(1968. 4.)」에서 '시인의 배제(사라짐)'을 언급한다. 그러므로 진정한 형식주의는 역사를 폐기하고 어떻게 기술하는가에 앞서 '역사의식'을 어떻게 담느냐에 고민이 있어야 한다거나 '언어의 순수성'을 주창할 때도 시의 현대성은 '윤리'의 차원에서 새로움을 추구해야 한다는 논리를 편다. 그 '윤리'는 사회적, 인간적 윤리를 포괄하는 것이다. 나아가 '자기도 모르는 수동적인 새로움(「새로운 '세련의 차원' 발견(1967. 7.)」에서)' 즉 시인의 사라짐에 대해 언급한다.

이렇게 볼 때 김종삼의 시적 현대성은 관습화된 이미지로서 상징의 파괴와 균열, 인식 수준에서 벗어난 역사의식에서 찾을 수 있다. 그처럼 새로운 이미지와 역사의 순간순간에 포착된 사람들을 시에 안치시키는 가운데 공고한 연대를 통해 성스러운 인간 본질을 성좌처럼 구현시키는 것이다. 이와 관련해 김수영은 기인, 집시, 바보, 멍터구리, 주정꾼의 소수적 형식의 사라짐을 발견하고 근대화의 해독害毒에 충격을 가해야 한다는 참여의 효율성에 다다른다. 그러므로 사랑(형식)은 주변적이며 소수적이고, 자유(내용)는 파격적이며 전위적이어야 한다. 이는 김종삼 시의 '형식 없는 평화'와 '내용 없는 아름다움'과도 일맥상통한다.

김종삼 문학의 세계성은 세계인의 보편적 휴머니즘과 융합하며 소통하는 코스모폴리탄으로서의 면모에서 찾을 수 있다. 한국 문학이 피할 수 없이 분단 문학의 굴레에 놓여 있기는 하지만 이를 한국의 민족 현실에 가둬 놓거나 한국 전쟁의 트라우마로 특정 짓는다면 세계성을 고구할 수 없다. 그러므로 김종삼 문학을 보편적 가치의 소통이라는 시각에서 새롭게 이해해야 한다.

김종삼 시에 대한 기존 논의를 두 가지로 압축할 수 있다. 하나는 김종삼 시의 주제 의식을 모더니즘 시의 보편성 안에서 예술 지상주의적인 순수성으로 파악하는 경우이며, 다른 하나는 한국의 역사 사회적 상황의 특수성으로 치부하는 경우다. 그래서 흔히 김종삼의 예술성을 보헤미안적 낭만성과 주변성으로 설명하거나 아예 귀족성으로 특화시킨다. 그러나 그의 시에 수없이 등장하는 이국적 이름과 낯선 풍경을 방황하는 영혼의 폐쇄적 기질에서 기인했다고 볼 수 없다. 특히 왜 그가 어린이에게 그토록 무거운 시적 섬광을 쏟아냈는지 전통적 상상력으로는 다가갈 수 없다. 김종삼은 세계인으로서 보편성을 소유했고 한국인으로서 특수성을 담지했다. 이 점이 김종삼의 코스모폴리탄적 기질이다. 그것은 인류 보편주의적 개방성의 측면으로 폐쇄적 보헤미안 기질과 다르다. 그러므로 그의 시에서 만나는 '아름다움'과 '평화'의 모티프는 한국적 가치를 넘어 보편성을 띤다.

> 밤하늘 湖水가엔 한 家族이
> 앉아 있었다
> 평화스럽게 보이었다

家族 하나하나가 뒤로 자빠지고 있었다
크고 작은 人形같은 屍體들이다

횟가루가 묻어 있었다

언니가 동생 이름을 부르고 있다
모기 소리만하게

아우슈뷔츠 라게르

— 「아우슈뷔츠 라게르」 전문

1947년 봄
深夜
黃海道 海州의 바다
以南과 以北의 境界線 용당浦

사공은 조심 조심 노를 저어가고 있었다.
울음을 터뜨린 한 嬰兒를 삼킨 곳.
스무 몇 해나 지나서도 누구나 그 水深을 모른다.

— 「民間人」 전문

예를 들어 위 두 편의 시는 생명을 두고 펼치는 인간 본성의 문제를 다루고 있다. 각기 시공간을 달리함에도 동일하게 인간 비극의 현장을 묘사하고 있다. 「아우슈뷔츠 라게르」는 이 차 세계 대전을 배경으로 유태인 포로수용소에서 하나둘 형장의 이슬로 쓰러져 가는 가족의 죽음을 스케치하고 있다. 「민간인」은 남북 분단을 배경으로 어린 생명을 희생시킬 수밖에 없었던 한계 상황을 그리고 있다. 이 두 편의 시는 독자에게 인간의 보편적 인식론으로서 동양의 '측은지심惻隱之心'과 서양의 '박애philanthropy'를 떠올리게 한다. 전쟁과 이데올로기의 폭력에 죽음으로 희생되는 서사 앞에 '나'와 '남'이 소통해서 하나가 되는 생명의 자기 확대, 자기 신장을 경험할 수 있다. 독자는 유태인의 죽음과 한국인의 죽음을 통해 개체적 자아로서의 '나'를 떠나 타인이 겪었던 슬픔을 공유한다. 이는 어린 생명을 희생하면서까지 목숨을 연명해야 했던 사람들을 용서하고 처지를 함께 하는 심정적 동조이며 평화의 확산이라 할 수 있다. 비록 유럽의 전쟁 상황과 한국적 분단 상황이 다른 시적 배경을 이루지만 전달하는 메시지는 너무도 보편적이다. 이는 유럽이라는, 혹은 한국이라는 공간의 국지적 형식에 가둘 수 없는 소통적 보편성을 띠는 '평화'라 할 수 있다.

내용 없는 아름다움처럼

가난한 아희에게 온
서양 나라에서 온
아름다운 크리스마스 카드처럼

어린 羊들의 등성이에 반짝이는
진눈깨비처럼

—「북치는 소년」 전문

이 '내용 없는 아름다움'에서 '형식 없는 평화'가 드러난다. 저 '북치는 소년'은 아우슈비츠에서 희생된 유태인 소녀여도, 삼팔선을 넘나들며 황해도 앞바다에 빠뜨린 영아여도 괜찮다. 김종삼은 그의 시에 한국적인 전통적 아름다움을 담지 않았다. 간혹 읽히는 가족 간의 연민과 이웃과의 공동체 의식조차도 밑바탕에는 인류 보편의 인본주의人本主義가 자리하고 있다. 그러므로 그의 시에서 전쟁은 우리만의 고립된 고통이 아니라 인류 전체가 함께 앓고 있는 전염병과도 같다. 그러기에 그의 눈에 비치는 유태인 학살은 그렇게 낯선 것이 아니다. 평화에 어떤 형식을 부여해서는 진정한 평화가 아니다. 누구나 차별 없이 누리는 안식이어야만 한다. 그러므로 김종삼 시에 나타난 평화의 추구는 분단된 한국 민족만의 형식이어서는 안 된다. 우리의 비극이 곧 인류의 비극으로서 확산될 때 큰 범주에서 우리에게 희망이 있다. 그러므로 김종삼의 시 속 낯선 이국 풍경과 사람들이 공존하며 그렇게 낯설지 않다. 현대 시 문학의 세계성 측면에서 이와 같은 김종삼의 보편적 인식에 바탕을 둔 코스모폴리타니즘은 세계인의 보편적 휴머니즘과 융합하며 소통할 것이다.

3. 김종삼 문학의 미래

김종삼 문학을 전쟁과 음악과 평화로 주제화하려는 것은 김종삼 문학의 정수이기도 하지만 한국 문학의 주제학이기도 하기 때문이다. 이를 달리 말하면 전쟁의 비극성을 극복하는 것과 문학의 다양성을 추구하는 것과 인간적 사유를 최고선으로 앞세우는 것이 곧 세계 현대 문학이 보편적으로 걸어온 길로서 김종삼 문학이 거기에 합치되기 때문이다. 이는 한국 문학의 지역성을 극복하고 오랜 기간 노정됐던 국가 중심주의를 벗어나 가로질러 새로운 영역에 한국 문학을 가져다 놓으려는 모색이기도 하다.

김종삼은 북한에 고향을 둔 월남 실향민이며, 일본에서 떠돌던 디아스포라이며, 남한에 학연도 지연도 혈연도 변변히 없는 주변인이다. 이 땅의 평범한 소수자이다. 가난한 사람들을 연민해서일까 김종삼은 특별히 남긴 유산도 없으며 시인으로서 문학사에 기록할 만한 흔적을 꼼꼼히 챙기지도 않았다. 이러한 김종삼의 정체성은 역설적으로 한국 문학이 지향할 새로운 영토라 할 수 있다. 그런 측면에서 다음에 대해 재조명해야 한다.

첫째는 월남越南 문학이다. 분단 이후 문학인 대부분이 월북하거나 납북되었다. 그런 이유로 남한 지역으로 한정된 한국 문학은 얼마나 협소한가. 더구나 영토 개념에 앞서 민족 동질성의 측면에서 하나의 문학 공동체를 이루는 것이 이성적 판단임에도 북한 문학은 금기시된 상태다. 이를 아우르는 것은 시간이 필요하다. 그런데 월남한 문학인들이 엄연히 존재했다는 사실을 간과하는 것은 아닌지. 그들은 서북 청년회처럼 우익 보수 단체의 일원으로 상징화된 것은 아닌지 의문이 든다. 남한 권력에 경도될 수밖에 없었던 월남 문인들도 있었지만 그렇다고 일괄하여 백안시한다 해서 그 존재가 사라지는 것은 아니다.

김종삼도 월남 문인의 일원이었다. 그가 교류했던 예술

인들이 그랬으며 그가 주로 시를 발표했던 매체도 그들이 관여한 잡지들이었다. 일례로 김수영이 기존 문단 사람들과 어울리지 않고 김종삼과 더불어 이들 매체에 시를 오히려 더 많이 개재한 것은 무슨 이유에서일까.

둘째는 일본 문학 이입사이다. 한국 근대 문학의 형성은 일본 주류 대학의 유학자들을 통해 이루어졌다. 그런데 그것만이 모든 문학 현상의 전부라 할 수 없다. 김종삼이 유학했던 동경문화학원이나 김종문이 유학했던 아테네 프랑세스는 정규 대학은 아니지만 또 다른 양상의 문학을 이입하는 통로였다. 일례로 김수영이 접촉했던 일본의 미즈시나 하루키 연극 연구소는 그의 시에 얼마나 많은 영향을 미쳤는가. 특히 동경문화학원은 일본 정부와 끊임없이 대립하는 가운데 문화의 전위적이고 세계적인 경향을 고수했다. 그곳을 거친 사람들은 그냥 일본인이 아니었으며 그곳을 거친 한국인 역시 그냥 한국인이 아니었다. 한국 문학의 경직된 상상력 속에 낯선 목소리로 존재했다.

셋째는 프랑스 상징주의의 영향이다. 한국 현대 문학의 전통적 상상력과 폐쇄성에 균열을 가한 것은 프랑스 상징주의가 지대하다. 그것도 이입 초기 김억 시절의 단순한 수수授受 관계에서 벗어나 한국 전쟁 이후 영향을 미친 관계를 비교 문학적으로 깊게 살펴보아야 할 것이다. 이는 온전히 문학성과 예술성의 차원에서 한국 문학의 정체성을 살피는 일이며 다양성을 기하는 일이다. 궁극적으로 한국 문학의 미래는 중심에서 벗어난 소수자 문학을 통해 새롭게 갱신되어야 하지 않을까. 김종삼 문학의 앞날이기도 하다.

김종삼 탄생 백 주년 기념 시집
전쟁과 음악과 평화와

1판 1쇄 펴낸날 2022년 2월 28일

지은이 김종삼
엮은이 이민호
펴낸이 이민호
펴낸곳 북치는소년
출판등록 제2017-23호
주소 10442 경기도 고양시 일산동구 일산로 142, 427호(백석동, 유니테크빌벤처타운)
전화 02-6264-9669 | **팩스** 0505-300-8061 | **전자우편** book-so@naver.com

디자인 신미연
제작 두성 P&L

ISBN 979-11-971514-8-4 03810